DOUTES
PATRIOTIQUES
SUR
LE NOUVEAU RÈGNE.

DOUTES
PATRIOTIQUES
SUR
LE NOUVEAU RÈGNE.

PAR M. NOUGARET.

A PARIS,

Chez $\left\{\begin{array}{l}\text{Chez J. B. Brunet, Imprimeur de l'Académie}\\ \text{Françoise, \& Demonville, Libraires, rue}\\ \text{Saint-Séverin, vis-à-vis celle Zacharie.}\\ \\ \text{La Veuve Duchesne, Libraire, au Temple}\\ \text{du Goût, rue Saint-Jacques.}\end{array}\right.$

M. DCC. LXXIV.

On suppose, dans ce petit Ouvrage, qu'un Français revient dans sa Patrie, après une absence de vingt années au moins. Ce Français, qui n'est instruit d'aucun évènement, cherche à s'informer des motifs de la joie publique. Il résulte de ses demandes & des réponses qu'on lui fait, une espèce de dialogue. Les Interlocuteurs sont distingués par cette marque — & par des guillemets.

DOUTES
PATRIOTIQUES
SUR LE NOUVEAU REGNE.

JE revois donc enfin mon aimable Patrie !
Je reconnais, j'embraſſe une terre chérie.
Dites-moi le ſujet de ces tranſports joyeux,
Et pourquoi la gaîté brille dans tous les yeux ?
Quel eſt ce nouveau Prince, idole de la France,
Qui promet à ſon Peuple une heureuſe abondance ?

   — « A peine ſur le Trône, il obtient dans un jour,
» De ſes Sujets charmés & l'eſtime & l'amour.
» De ſes ſoins généreux, il n'eſt rien qu'on n'eſpère.
» D'un Peuple qui l'adore, il veut être le Père.
» Il va bannir dans peu juſqu'aux moindres abus :
» On comptera ſes jours en comptant ſes vertus.
» Du grand art de régner il ſe rend déjà maître :
» Un inſtant lui ſuffit pour ſe faire connaître.
» Dans l'âge des plaiſirs il fixe le deſtin,
» Et prend de ſes Etats le gouvernail en main.
» Voilà ce que cent voix, égales au tonnerre,
» Répandent, avec bruit, aux deux bouts de la terre.

» On ne doit qu'applaudir à ces difcours divers,
» Trop fouvent répétés dans les plus mauvais vers,
» Dignes enfans d'Auteurs enflés de leurs fornettes,
» Et meilleurs Citoyens, qu'ils ne font bons Poètes.
» Le Peintre des Plaifirs (1) a chanté dignement
» Les tranfports des Français, qui n'aiment qu'ardemment:
» De fes brillans pinceaux que la touche eft hardie!
» Lui dont le tendre Amour infpirait le génie (2) ».

— Mais quel eft donc ce Roi, de fon Peuple adoré?
C'eft, fans doute, un Neftor juftement célébré?....
Quoi! d'un Prince fi cher à la nature entière,
Quatre luftres au plus partagent la carrière!
Et mon efprit crédule irait ajouter foi
Aux éloges pompeux qu'on donne au nouveau Roi;
Tandis qu'un Potentat, qui blanchit fur le Trône,
Qu'illuftrent les vertus, que la gloire environne,
Peut à peine acquérir, dans la nuit des tombeaux,
Un renom immortel pour prix de fes travaux!
Verrions-nous de nos jours la bouillante jeuneffe
Prévenir les confeils de l'auftère fageffe,
Oppofer la prudence aux piéges des méchans,
Braver les paffions & vaincre fes penchans?
Un Prince à fon aurore effacerait la gloire
Des Monarques fameux que nous vante l'Hiftoire!
Je doute, avec raifon, d'un prodige pareil,
Et croirais voir plutôt reculer le foleil.

---

(1) M. Dorat.
(2) On aurait encore pu nommer MM. de la Harpe, le Mierre & plufieurs autres, qui fe montreront toujours auffi bons Poètes, que bons Citoyens·

— « Votre incrédulité va bientôt diſparaître.
» Fixé dans ces climats, vous chérirez un Maître
» Qui s'annonce à nos cœurs par de nombreux bienfaits (1)
» Et place à ſes côtés l'abondance & la paix.
» Que de biens réunis flattent notre eſpérance !
» Un nouvel aſtre encor s'élève ſur la France ;
» Son éclat nous préſage un immortel bonheur,
» De nos jours fortunés brillant avant-coureur.
» L'Épouſe de LOUIS, dès ſes jeunes années,
» Retrace à nos regards ſes hautes deſtinées ;
» Nous voyons couronner tous ſes ſoins bienfaiſans,
» Et ſon nom célébré par nos derniers enfans.
» Pour des Mortels obſcurs, ſi le Ciel eſt avare,
» Pour un Roi bien-aimé ſa faveur ſe déclare :
» Il accorde à LOUIS, par un hymen heureux,
» Grâces, eſprit, vertus, objets de tous nos vœux ».

— Quoi ! l'on veut qu'une Reine, auſſi jeune que belle,
Qui des Grâces, ſans art, nous offre le modèle,
A des ſoins fatiguans ſe plaiſe à ſe livrer,
S'occupe de nos maux pour mieux les réparer,
Et ſe montre toujours ſenſible, humaine, affable ?
J'ôſerai vous prouver ..... qu'on débite une fable.
Contemplez des vertus le ſéduiſant écueil,
Sur les rangs, les honneurs, jettez un ſeul coup-d'œil.
Obſervez un inſtant l'indolente Ducheſſe :
Fière de ſa grandeur, ivre de ſa richeſſe,
Daigne-t-elle ſonger, dans ſon brillant deſtin,
Qu'il eſt des malheureux ſans aſyle & ſans pain ?

---

(1) Il ſuffira de citer l'Edit du joyeux Avènement, célébré & mis en beaux vers par M. de la Harpe.

Bien loin de s'occuper des devoirs néceſſaires,
Les Spectacles, le jeu ſont ſes ſeules affaires.
L'infortuné jamais n'attira ſes regards :
Sous ſes lambris dorés, embellis par les Arts,
Peut-elle ſoupçonner, quand le plaiſir l'inſpire,
Que peut-être à ſa porte un indigent expire?
Les folâtres Amours, les Ris, les Jeux charmans
Seraient trop effrayés par des gémiſſemens.
J'ai donc lieu de douter qu'une jeune Princeſſe
Plaigne l'infortuné, le protège ſans ceſſe;
Que l'éclat de ſes yeux s'éteigne dans les pleurs
Qu'elle verſe ſouvent au récit des malheurs
De ceux dont ſes bienfaits diſſipent la miſère......
Ah! ſous ſes traits divins nous verrions ſur la terre(1)
La tendre Humanité, qui, comblant notre eſpoir,
Au premier rang du monde aurait voulu s'aſſeoir.
Si mes vœux s'exauçaient, qu'elle nous ferait chère!.....
Mais peut-être flatté d'une belle chimère......
On s'étonne, on s'indigne, & j'entends mille voix
S'élever à ces mots, s'écrier à la fois
Que tout ſert à prouver les bontés de la Reine,
Que ſes ſeules vertus euſſent fait Souveraine;
Et l'on me cite encor les exemples fameux
Qui pendant ſa jeuneſſe ont dû frapper ſes yeux.

    — » La vertu rend ſon ſort & brillant & paiſible.
» Ecoutez, & jugez, ſi ſon âme eſt ſenſible.
» Un pauvre Laboureur, & blanchi par les ans,
» Sur la terre courbé, fertiliſait ſes champs,

----

(1) Je ſuis loin de croire cette rime bonne; mais ici je m'abandonne au ſentiment, non aux règles.

» Lorfqu'un Cerf en fureur & le frappe & le bleffe :
» Il tombe, fon fang coule aux yeux de la Princeffe,
» Qui defcend de fon char, & l'y faifant monter,
» Jufques dans le Hameau veut le voir tranfporter.
» Du Vieillard tout fanglant la famille éplorée
» Embraffe les genoux d'une nouvelle Aftrée,
» Qui de fon trifte fort diffipe les horreurs,
» Et répand dans fon fein les bienfaits & des pleurs,
» Tandis que l'Habitant des ruftiques chaumières
» Elève jufqu'au Ciel fes vœux & fes prières ».

— Que vous troublez mon cœur par ce tableau touchant !
Je ne puis réfifter au devoir, au penchant,
Et j'admire avec vous cette augufte Princeffe.
Mais le Roi, qui remplit fon Peuple d'allégreffe,
Rendra-t-il en tout temps juftice à fes Sujets ?
Et fon cœur pourra-t-il les combler de bienfaits ?

— « Oubliant fa grandeur, defcendant de fon Trône,
» Il permet qu'en tous lieux la foule l'environne ».

— Eh ! que va devenir la majefté des Rois ?
La crainte, non l'amour, doit nous dicter des loix.
N'approuvons point l'effort héroïque & fuprême
D'un Monarque affez grand pour régner par lui-même ;
Son Royaume, il eft vrai, nous paraît floriffant ;
Mais le Prince accablé ne vit qu'en languiffant,
Et réfifte avec peine à des veilles cruelles :
Tels on voit les Nochers, à leurs devoirs fidèles,
S'épuifer de fatigue en réfiftant aux flots,
Et craindre à chaque inftant des orages nouveaux.

On me peindrait en vain la félicité pure
Qu'éprouvent les bons Rois, & que tout leur assûre;
Ce plaisir ravissant n'est que trop acheté:
Eux seuls peuvent savoir combien il a coûté.
En vain le Philosophe, hérissé de morale,
Dans ses doctes écrits avec art nous étale
Qu'un Prince n'est heureux que lorsqu'il est aimé:
Cet adage vulgaire est assez confirmé......

— « Sentiment toujours cher ! divine bienfaisance !
» Les cœurs que tu séduis trouvent leur récompense,
» S'écrie avec transport plus d'un Sage indigné.
» Quand il a fait le bien, un Monarque a régné;
» Sur son front respectable alors la gaîté brille;
» Il est comme un bon père au sein de sa famille :
» Farouches Conquérans, despotes orgueilleux,
» Goûtez-vous des plaisirs aussi délicieux » ?

— Ainsi le Philosophe, emporté par son zèle,
Croit orner la vertu, croit la rendre plus belle.
Qu'il cesse de chercher, d'inspirer des Héros,
Et célèbre avec moi les charmes du repos.

Objet de nos desirs, doux calme de la vie,
Le Mortel que tu fuis & t'appelle & t'envie;
Tourmenté, déchiré par des soucis affreux,
Il traîne, en gémissant, des jours longs, douloureux.
Au repos enchanteur, heureux qui s'abandonne !
Tranquille & fortuné, le plaisir le couronne;
Il satisfait ses vœux, il n'a qu'à souhaiter;
Il fait jouïr en paix du bonheur d'exister.

Pour lui seul la Nature est sans cesse embellie ;
Accablé de travaux, bien souvent on oublie
Les charmes, les attraits qu'elle étale à nos yeux :
Au sein de la mollesse on les voit beaucoup mieux.
Clotaire, Chilpéric, & tant d'autres Monarques,
Moissonnés sous la faulx des inhumaines Parques,
Ont chéri les douceurs d'un aimable loisir ;
Ils ont même ignoré l'embarras de choisir :
Aussi tous leurs momens n'étaient-ils qu'une ivresse,
Tels qu'un songe léger qui nous peint l'allégresse.
On les vit à l'Amour livrer leur cœur vaincu,
Et mourir doucement, comme ils avaient vécu.

— » Ah ! notre jeune Roi ne suit point ces exemples,
» Tandis qu'à la mollesse on élève des Temples.
» Des plus sages conseils on voit déja le fruit :
» Télémaque nouveau, Minerve le conduit.
» De la sombre imposture il démêle l'ouvrage,
» Et craint du vil flatteur le séduisant langage.
» Si j'oubliais, dit-il, les devoirs des bons Rois,
» Qu'alors la vérité fasse entendre sa voix,
» Qu'elle parle ; & mon âme ouverte à la sagesse,
» Réparerait bientôt un moment de faiblesse.
» Faut-il par trop d'encens chercher à m'égarer ?
» Ah ! plutôt, croyez-moi, qu'on ôse m'éclairer. —
» Mais tandis que LOUIS nous prodigue ses veilles,
» Les cris de tout son Peuple ont frappé ses oreilles.
» Des malheurs imprévus, un funeste destin,
» Privaient l'infortuné de secours & de pain ;
» Une famille entière, en proie à l'indigence,
» Vainement de Cérès implorait la présence ;

» Le moindre des besoins exigeait des tréfors ;
» L'aliment néceffaire était un luxe alors.
» De cet état affreux, notre Roi nous délivre,
» Et fa bonté d'abord fonge à nous faire vivre ;
» Il veut que du bonheur le pauvre environné,
» Soit le premier témoin d'un règne fortuné ».

— A ces traits généreux je reconnais un Père,
Ou plutôt d'un grand Roi l'augufte caractère . . . . . .
O mon Prince ! ô mon Maître ! oui, ta félicité
Égale les tranfports de ton Peuple enchanté.
Ah ! fouffre qu'à tes pieds, tombant avec la France,
Je les baigne des pleurs de la reconnaiffance . . . . . .
Mais . . . . . . j'ôfe l'avouer . . . . . . je crains d'être féduit ;
Le Peuple eft trop crédule, un rien nous éblouït,
Et le Français, qu'on peint trop volage peut-être,
Fait fon bonheur d'aimer & d'adorer fon Maître . . . . .
Le trouble de mon cœur s'explique malgré moi ;
Je voudrais m'écrier ; VIVE, VIVE LE ROI ! . . . . .
Daigne excufer mon doute, il attefte ta gloire.
Comblé de tes bienfaits, on a peine à les croire :
Eh ! que pourront auffi penfer nos defcendans,
Au récit des vertus d'un Prince de vingt-ans ?

Lu & approuvé, à Paris, ce 28 Juin 1774. MARIN.
Vu l'Approbation. Permis d'imp. ce 28 Juin 1774. DE SARTINE.